前田伍健の川柳と至言

Maeda Goken Senryu and Shigen

塩見草映編

Shiomi Souei

新葉館ブックス

野球の名づけ親である正岡子規を生んだ愛媛で、伊予鉄道電気野球部副監督として青春を謳歌。懇親会で披露した即興の踊りが後の「野球拳」として座敷芸の定番に。

野球拳の歌

宗家　前田伍健　作詞

野球するなら
こういう具合にしやしゃんせ
投げたら　こう打って
打ったら　こう受けて
ランナーになったら　エッサッサー
アウト、セーフ、ヨヨイノヨイ
あいこでホイ（勝負の決まるまでつづく）
ヘボのけ　ヘボのけ　おかわりこい

「野球拳」は昭和29年に爆発的ブームとなり、伍健は「野球拳」宗家として正式登録。その反響の大きさに一番驚いたのは伍健本人だという。松山まつりでは野球拳おどり大会で毎年盛り上がる。絵は伍健筆。

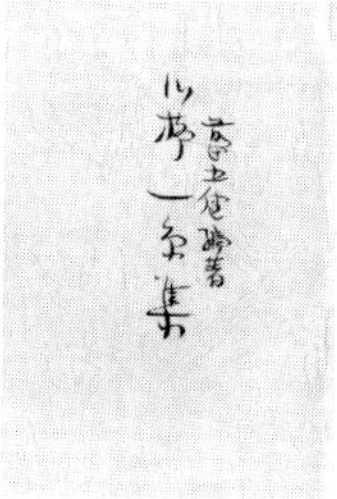

昭和4年6月、伍健は師・窪田而笑子の遺稿を編集し「川柳一糸集」を松山媛柳吟社から発行。作品、川柳論、エッセイなどを収録、篠原春雨、麻生路郎、村田周魚らが寄稿。当時の定価で80銭。

〜明治

22年　1月5日、高松藩の足軽の子孫・前田家の長男として香川県高松市に生まれる。父忠平、母マサ。本名、久太郎。警察官の父の影響で幼少より居合術（北辰佐分利流）や書画を学び、趣味人・伍健の基礎が形成される。

30年代　高松中学校に入学、卒業を待たずに伊予水力電気坂出支店に入社。

〜大正

3年　都々逸歌詩募集で五剣（ごけん）の《胸にかくせぬあの初夢をあけてうれしい最合傘》が入選。

4年　この頃、俳句や川柳の作句を楽しむ。

5年　五剣が勤める伊予水力電気と伊予鉄道が合併し、伊予鉄道電気となる。趣味の域を越えた腕前の書画、居合、日本舞踊、三味線、琵琶などを通じて同社宣伝部で活動の幅を広げる。

8年　3月、五剣、本格的に川柳作句活動を開始。窪田而笑子（じしょうし）選の海南新聞川柳欄に《人親の今がさびしい歌かるた》など3句が入選、はじめて活字となる。

9年　而笑子門に入り酒井大楼らと川柳普及に尽力。

10年　4月、窪田而笑子が「媛柳（ひめやなぎ）」創刊。五剣は媛柳の幹部として松山、宇和島、今治、津倉、八幡浜、吉田に支部を創設。

昭和25年、「川柳相撲」のラジオ収録中の伍健。「川柳普及はマスコミによるべきである」という考えのもと、ラジオや新聞柳壇選者として東奔西走した。

昭和24年7月7日、松山中央放送局から「放送川柳相撲」の第1回放送が行なわれた。話芸に長けた伍健の行司ぶりが人気を呼び、昭和35年まで続いた。

伊予鉄道電気を退職後、自動車学校で教鞭をとる（昭和26年）。多才な伍健は、在職中からジャンルを問わずいろんなイベントに引っ張りだこだった。

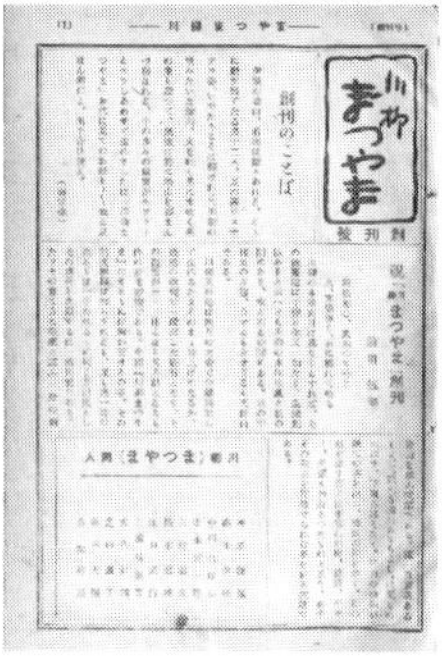
川柳まつやま
創刊号
創刊のことば

昭和25年6月発行の「川柳まつやま」創刊号。巻頭に「川柳の本来面目は真なりとすれば、その機関誌は千変万化また一如たり」ではじまる祝文を寄せる。

～昭和

11年　「番傘」誌社友となる。

12年　海南新聞川柳欄選者となる。

13年　10月、五剣が副監督を務める伊予鉄道電気野球部が高松市の屋島グラウンド完成記念近県実業団野球大会に招待され、高商・高中クラブ連合に8対0で完敗。その夜、宴会席上にて披露した五剣の即興の踊りが話題となり、後の「野球拳」となる。

海南新聞川柳欄を五剣、白石早柳、而笑子で交互に担当。

15年　10月、松山出身の軍人・秋山好古の勧めで五剣から五健と改名。

2年　白石早柳を会長に松山番傘川柳会が発足、創立大会に参加。

3年　9月、「媛柳」誌が廃刊。

10月、而笑子没後、五健が松山媛柳吟社として再発足、会長となる。追悼句《どっかりと落とされた気の夢の夢　五健》

4年　2月、川柳雑誌社松山支部創立記念大会に出席。来県した麻生路郎と交流を深める。

6年　6月、而笑子の遺稿を編集、「川柳一糸集」刊行。五健と大楼が愛媛柳界で台頭。

明治30年に俳誌「ほとゝぎす」を創刊し、松山子規会を創設した柳原極堂（前列中央）と伊予史談会名誉会長、松山子規会長をつとめた景浦稚桃（前列右端）と。極堂の左隣が同子規会顧問を務める伍健（昭和27年）。

伍健と同じく多種多芸、伊予鉄仲間の俳人・富田狸通と（昭和28年）。数千点のコレクションを持つ狸の研究家で、「他抜き茶会」「狸祭り」などのイベントを開催し、伍健と交流を深める。

松山子規会のメンバー柳原極堂、景浦稚桃らと。前列左から2人目が伍健。

～昭和

9年　4月、川柳雑誌社今治支部主催の第1回四国川柳大会で「伊予の川柳史に就いて」講演。
8月、岸本水府来県。五健らが出迎え松山、今治で句会を催す。

10年　松山で芝田霊子が「川柳の松山」創刊。第3号より表題は五健筆。

13年　愛媛毎夕新聞創刊、五健が川柳欄担当。

14年　今治の「川柳みすか」終刊後、愛媛川柳社の「川柳伊予」と改題。県下の総合誌を目指し五健と酒井大楼が顧問となる。柳誌題字は五健筆。
10月、川上三太郎が満州の帰途より来県。

16年　「川柳伊予」1月号巻頭で「川柳真・情・美」声明。

17年　5月、「川柳伊予」が「川柳八幡船」と改題。
同月、松山市で大政翼賛会文学報国会川柳部会が発会、30名が出席。五健は県支部部長に。

18年　5月、松山市で翼賛会川柳部会1周年記念川柳大会を開催。「時局下の川柳人の使命」のテーマで講演。
「川柳八幡船」が6月号で終刊。

19年　1月、山本耕一路が矢野赫堂らとあゆみ川柳社を興し「川柳あゆみ」創刊。

20年　7月、B29来襲、松山市全焼、五健宅全焼。

昭和28年3月29日開催の「柳人たちの集い」にて。伍健は2列目の左から5人目。

父から学んだ南画にはじまり、堂本印象、近藤浩一路らに指導を受けた伍健の絵は素人の域を越えていた。川柳画は、昭和30年1月2日消印で塩見草映に宛てた年賀ハガキ。

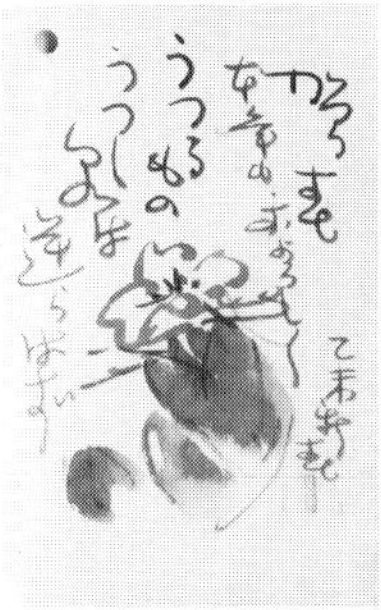

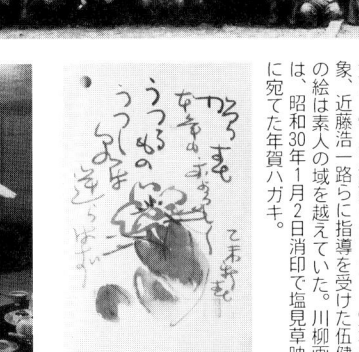

浴衣姿で元祖野球拳を踊る伍健。「私作の野球拳の全国的流行は、愉快ではあるが名誉ではない」と後述する。

「川柳あゆみ」が「竹槍」と改名するも、通巻20号で休刊。

11月、「川柳あゆみ」21号を再刊。23号より「五健言」を巻頭に執筆。

21年　7月、あゆみ川柳社が「あゆみ30号記念愛媛県川柳大会」を開催。大会後に7社が組織して愛媛県川柳文化連盟を結成。

22年　1月、五健の名で愛媛県川柳文化連盟の綱領宣言。会長となる。

8月、松山中央放送局にて五健が15分間の募集川柳を披講。

9月、喜多郡「かじか川柳会」大会の場で今川椋影が「全川柳人が杖になりお支えしたい」との激励の意を込めて改号を提言。五健を伍健と改める。

23年　10月、伍健句碑第1号を建立。《景色よし花よし史よし高龍寺》

伍健の委嘱により、赫堂、耕一路を中心に愛媛県川柳文化連盟の機関誌「川柳天地」を創刊。

24年　松山市義安寺でオール愛媛川柳大会開催。

3月、疎開先より新築の元住所に戻る。

7月、松山中央放送局「放送川柳相撲」第1回

昭和33年8月3日、大洲夏の川柳大会に参加した川柳作家たちと。最後列左が伍健。前列左から2人目が編者の草映。

昭和31年5月、新居浜住友川柳大会にて伍健を囲む、大会初参加の川柳作家たち。

昭和34年7月、富士紡川柳交歓大会席上でNHKラジオ「川柳腕くらべ」の公開録音が行なわれた。伍健を行司に、岡田麦舟、月原宵明、高橋紋々、長野文庫、三浦秋無草、佐伯みどりが選手として参加。

昭和33年、松山市石手町石手寺に建立された伍健の川柳碑《鎌倉のむかしを今に寺の鐘》。

〜昭和

25年　放送。行司として活躍。(〜35年)
6月、伍健の進言で川柳まつやま吟社が創設され「川柳まつやま」創刊。句評「川柳縦横」が話題を呼ぶ。

29年　伍健句碑(2基)が伊予三島市に建立。《金砂湖に聞こう寿永と今むかし》《絶壁の水が経よむ観世音》
12月、朝日新聞柳壇選者になる。
「野球拳」が全国的ブームとなり、キング、日本コロムビア、ビクター、ポリドールなどのレコード会社が競って発売。伍健が名乗り出て、宗家として正式登録される。

30年　伍健句碑、周桑郡西山興隆寺に建立。《霊気しむ花よもみじよ興隆寺》
NHKの「川柳コント、世相遠眼鏡」番組で五健がパーソナリティを務め人気コーナーに。ラジオ南海の川柳コーナー選者を務める。

31年　4月、愛媛タイムスから「たぬき日記」刊行。第1回四国川柳大会に講師として出席、三條東洋樹と同席する。
伍健句碑《仏縁に宝寿大寿と観世音》が周桑郡宝寿寺に建立。

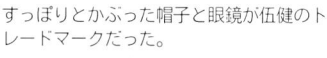

すっぽりとかぶった帽子と眼鏡が伍健のトレードマークだった。

狸の扮装をしてマイクの前に立つ伍健。ユーモアを愛し、ひょうひょうとして庶民的、誰からも愛される人柄だったという。

松山春まつり「お城まつり」の狸行列に参加する伍健。野球拳の全国大会も行なわれる。

富士紡川柳交歓大会で柳話を講演する伍健（昭和34年7月）。

狸まつりの舞台で、踊りに興じる伍健。お祭り騒ぎが大好きだった。

32年　大洲に第6号句碑建立。《観ずるにみな仏性よ狩供養》《供養して心山河の霧はるる》
この頃まで俳誌「糸瓜」に俳句を発表。

33年　松山市石手寺に句碑建立。《鎌倉のむかしを今に寺の鐘》
「川柳まつやま」100号並びに川柳さざなみ吟社創立10周年記念川柳大会を開催。

34年　「峠」誌100号記念として新居浜市滝宮公園に句碑建立。《こゝの景小鳥も水も樹も語り》

35年　2月4日、脳溢血で倒れる。意識不明のまま2月11日23時48分、伍健没。享年72。
3月、新居浜市一宮神社に句碑建立。《遠会釈人うつくしく誰だろう》
11月、前田伍健追悼句会を開催（西山興隆寺）。

36年　2月、松山市正宗寺にて第1回伍健忌川柳大会開催）。
伍健の子息・前田欣一編集で句集「野球拳」刊行。

37年　4月、伍健の遺志を継ぎ、仲川たけしを会長に愛媛県川柳文化連盟を再発足。

昭和35年1月8日、死去1ヶ月前に大会に参加する伍健（2列目中央）。

書画に取り組む晩年の伍健。「彼はもとめられれば、菓子舗の宣伝文や菓子の銘まで、あの丸味のある文字で書きのこしている」と麻生路郎が述懐している。

伍健筆の色紙。《千金の夜なりすゝきは銀の波》

伍健の川柳葬。両端に《アルバイトさびしくくれる裸銭》《こんな世と知りつゝ無駄な腹をたて》の句幕が飾られた。

愛好する狸像の前で（増田邸）。

伍健没後40年の記念行事の一環で伊予市谷上山に伍健句碑《近つけばちかついて来る観世音》が建立された（平成13年）。

昭和37年3月20日、伍健の長男・欣一編集で「伍健句集・野球拳」が刊行された。平成12年、伍健40年忌に復刻版も。

はじめに

野球するなら、こういう具合にしやしゃんせ――野球拳の創始者である前田伍健先生が、愛媛の川柳の慈父として川柳基盤をしっかりと築き、真・情・美の作句精神を広く根付かせたことは愛媛の川柳界の大きな誇りである。

遺徳を偲ぶ伍健まつり川柳大会を毎年二月に開催しているが、今年は数えて四十四回を迎えることになる。

川柳のほか多趣味の持ち主であり、それらを彷彿とさせる作品を数多く残されているので、先生の人柄をよく表わしている作品をとりあげ、より多くの川柳作家に知って貰いたい気持ちからまとめてみた。本書が多くの川柳作家に愛読されることを願うものである。

平成十六年二月

塩見　草映

前田伍健の川柳と至言　目次

資料提供：前田欣一／一色美穂子／中川凡洲／橋田呂久朗／伊藤凡々／塩見草映／金亀建設株式会社／株式会社えひめリビング新聞社
参考資料：「伍健句集・野球拳」／「川柳一糸集」／「愛媛県川柳史」／「愛媛川柳の流れ」第1〜4巻・付録／「松山百点」（松山百店会発行）／川柳まつやま／川柳汐風／川柳鹿乃子

前田伍健の川柳と至言

考えを直せばふっと出る笑い

竹を観る心まっすぐ竹に添う

なんぼでもあるぞと滝の水はおち

川柳真情美

真とは　心なり魂なり
情とは　愛なり敬なり
美とは　調なり色なり

平凡にしてありがたし米の飯

卒直をほめて然しとさとされる

遊ぶ唄仕事する唄使いわけ

川柳人は川柳の基礎をしっかりと身につけねばならぬ。川柳の基礎とは芸術的に真と情と美であり、史的に倭歌、連歌、俳諧、前句附である。この基礎を心得ず、研究を怠り、いたずらに新奇を追っても何にもならない。

根と幹と枝とがしっかりしていれば、必ずよい花が咲きよい果実がみのる。

百薬の長はこゝらとさくらいろ

血の通う義理人情がなぜわるい

ほら貝で霧ふき払う山開き

一言一句を味わしむものは句の中道、眼を閉じて静かに句を読ましむるものこそ名手と言うべし。

笑ってるように水の輪まんまるし

理くつではそうだがそうでない縁起

龍宮での恋はさんごへ寄りかかり

表現は拙なりといえども魂と血で書かれたものは鋭どく人の肺腑を衝く。

第一章　海のしわ

Umi no shiwa

句碑

景色よし花よし史よし高龍寺

（愛媛県越智郡　高龍寺）

金砂湖にきこう寿永と今むかし

（愛媛県伊予三島市　金砂湖）

絶壁の水が経よむ観世音

（愛媛県伊予三島市　戻ケ岳渓流）

霊気しむ花よもみじよ興隆寺

（愛媛県周桑郡　興隆寺）

仏縁に宝寿大寿と観世音

（愛媛県周桑郡　宝寿寺）

観ずるにみな仏性よ狩供養

（愛媛県大州市　大州城跡）

美しい辞句、巧妙な表現よりも
真実の叫びに尊さがある。

供養して心山河の霧はるる　(愛媛県大洲市　大州城跡)

鎌倉のむかしを今に寺の鐘　(愛媛県松山市　石手寺)

ここの景小鳥も水も樹も語り　(愛媛県新居浜市　滝宮公園)

遠会釈人うつくしく誰だろう　(愛媛県新居浜市　一宮神社)

故郷よし氏神があり親があり　(岡山県久米郡久米南町西山寺)

近つけばちかついて来る観世音　(愛媛県伊予市　谷上山)

考えを直せばふっと出る笑い　(愛媛県伊予三島市　城山神社)

立板に水の名口上より朴訥に語る正直さに人は耳を傾ける。

石鎚も海も伯方の庭のうち

（愛媛県越智郡　伯方町公民館）

橋半ばはてなどちらの鳶か

（愛媛県松山市　出合橋北詰）

出合から手紙の末に鮎の寸

（愛媛県松山市　出合橋北詰）

○

相傘にノッポの方が持たされる

相和して世の波風も笑い越し

愛情のお目半開きほとけさま

事務的にこしらえるは職人仕事、湧き起こる興味をのせて作るのが芸術品。

青葉一ひらきれいな流れ生きている
青い風起こりそうにも海を見る
秋さらり月に酒よし団子よし
あげ絵馬に昔の心うつくしき
朝空は七いろやがてこがねいろ
あたまから奢れと快報もってくる
あたり明るく大鯛の笹にのり

万巻の調理法を読破しても料理は出来ない。形は出来ても味が出来ないのだ。川柳作法や叙法を読破しても川柳は簡単に出来ない。句は会得、自得、体得である。精魂を打ち込むべし。

あっさりと頭下げるも智恵のうち

あの時は歳の重さと気のかろさ

あみ棚に置きようがある守り札

雨一つ二つわとわと輪がもつれ

雨の律竹に八ッ手に蕗の葉に

雨あがりほめて笑って忘れ傘

鮎つりへ遠く筏の大曲り

短冊に句を書いてそれをどこへでも掲げられる川柳を作りたい。一般家庭、店頭、茶室、料理屋、学校、応接室等々、どこへ出しても恥ずかしくない句を作りたい。川柳とはこんなものか、こんな立派なものか、と、接する人を感激させるような句を作りたい。

争いはやめましょ空を見ませんか

行灯でもおくよう鷺の白く佇ち

言い忘れきき忘れして老夫婦

生き飽いた貯めあいたとは人言わず

生きる唄蛙の世界晴と雨

生きるためこうもするこうも行く

生きて来た手のひら今朝も陽にかざす

子規がもう少し長命であったら、恐らく川柳の革新にも手をつけたものと思うが、川柳に手をつける直前に亡くなったのは惜しい。その川柳の革新に我々が手をつけ開拓していることは実に愉快である。じっくりと運、鈍、根で進みたい。

革新とは正しく進歩させることである。

生き甲斐に茶わんのまろさなつかしむ
生き甲斐の腹の底から笑える日
幾万年向きあったまゝ岩と岩
石段の高さ遙拝する高さ
いじわるとにらむ目もとにある応え
一代のどこまですんだ今日も無事
いっそふれふれ吉日の雪催い

発車時刻と、そこに行くまでの時間と、切符を買う時間のみを考えて、身支度、歩行、乗物、待ち時間などの余裕を忘れてあわてではならぬ。締め切りにあわて、作句し、推敲、到着の時間を考えないのに似てはいないか。忙しい、スランプなれば特にそれを考慮したい。

一ぷくつけてちとあせってるなと思い
一生に一度の今日へ何遺そう
今が今鬼を笑わす金があり
居るだろと思えば居ったかいつぶり
言わなくてよかった帰り星仰ぐ
祝い歌やはり古老の渋いのど
インキ壷喜怒哀楽を秘めて紺

川柳の道を信じて究め歩めば楽しく、友あればなお楽し。川柳の道を疑い自我で進めば腹が立ち、友来たれば争いたくなる。「明るく楽しむ」と「暗く自我主義を通して悩む」と二路あり、私は生き甲斐として友と楽しみつつ、平明のきびしさを探求しつつ進みたい念願。この念願が柳友をみな観世音の化身と思わせ敬愛の念が湧いて来る。

浮草へ雨うれしそうちとよろけ

鶯の峠へんろは鈴おさえ

受け流す笑いのコツも苦労人

うその世にうそなき富士の立ち姿

映るものうつし泉は逆らわず

海はきまぐれきのふと違ふ青たゝみ

海を見る車窓へうごく釣り心

川柳の鏡に体をうつせば心定まる。心定まれば形整う。

海のしわ浜へ浜へと砂をよせ

海の景朝の光へ鴨をおき

永遠に土は黙して産む力

恵方神やはり女でおわしまし

円満の悟りの一つたぬき主義

遠慮なしうそなし友のありがたさ

縁でしたあれくじ運のような妻

川柳は詩でありに走り過ぎ、川柳は新しくあるべしと飛び出しすぎて、川柳本来の面白さを消失忘失したりする傾向はないであろうか。お互いに静かに考えたいものである。すべての芸術は芸術家の内部の魂を材料を通して外に表現したもので、我々川柳人は川柳心の置きどころを考え、その置きどころによって、その作品に高低淡深の出来るのを静かに、しっかりと考えて歩みたい。

お祈りのうしろ姿の日本帯
お土産の面は被ってから渡し
思う壷はづれる壷と世は廻る
思いきり笑ってさびしい山こだま
鏡などあるから売れる化粧品
かき船へ雪はさし絵の江戸情緒
風のため相うつ樹なりあわれとも

句集は光りかつ、意義があるものと思われる。川柳はうまいのに越したことはないが、必ずしもうまくなくてもよい。川柳の真、情、美の総合線にどの程度触れるか、打ち当たられるか。その人間教養体温のいかんが尊いのである。体温の集まりは和であり、一歩一歩、一年一年の検針器、体温計、または記念塔でもある。後年にいろいろの意味で重大な記録となり、砥石となる。

肩組んで少年の歩へ天ひろし

金具みな光り朝日へよい船出

金のいらぬ気晴らし空気吸いに出る

変り変らぬ世に松みどり竹みどり

貫禄は黙っていても光ります

観ずればやっぱり心にて候

過不足があるので浮世おもしろし

川柳創生の伝統（縦）と時代時勢の移り変わり、感覚の流れ（横）、この二つをいかに織り出していくかが、我々川柳中道を往くものの要点であって、この縦横のいずれに偏しても川柳文学を損なう結果となる。急いでいろはから酔ひもせずに飛んだり、あるいはＡＢＣをとばしてＸＹＺなどへ飛ぶのは川柳人の行動ではない。

考える葦にもなれず今日も無為

感情の今を知ってるインキ壷

閑静をほめて不便をいわぬ庵

きき上手こゝらでお茶を入れ替える

樹にもある姿女性美男性美

記念樹はつくを信じてただ一本

君も私もやっぱり仁義礼智信

日本独特の短詩文学、十七音詩の川柳を、西欧の真似をして「ちっそく」させてはいけない。最近川柳の名の下に単なる短詩の作品を見受けるが、真の川柳を護るために川柳の自覚を望みたい。川柳を活かすも殺すも川柳人の心構え次第である。

気持ちよいたたみ縁から竹の影

脚下照顧なる程今がそれの時

急所とはぴったりと歩の打ちところ

草の名にある倖せと不倖せ

曇後晴れを信じて歩け君

群衆という一と山の人間価

結局は勝負の世とは見きわめし

ポイントを掴む、ということは生活上一番大切なことだが、川柳作句は、このポイントを掴む力を養う。忙しい時、混乱の間に、騒ぎの中に、喜怒哀楽の中で、とっさにポイントを掴む力は川柳作句を怠らない人に知らず知らずの間に身につく。

けわしさの山やんわりと包む雲
倦怠期すしのわさびもきかぬ程
こう吹いていますすゝきは風を見せ
小気味よく棘を扱う花鋏
国宝も知らず城石苔のまま
極楽は眠い音楽鳴りつづけ
御神酒はおしめり程に酌いでくれ

（ジイド）いわく、偉大なる人間の心づかいはたった一つしかない。出来るだけ人間的になることと凡庸になることである。

一見凡庸に見られるが決して凡庸でない、凡庸でなくて凡庸に思わせる、ここに静かにしっかりした信念こそ見えぬ光輪でもあろう。

立派ということは、大は大なり小は小なりこれを進めていることである。

小鳥屋の朝それそれの唄で明け
小鳥なく人がきこうが聞くまいが
この川でとれる鮎です宿の膳
子の言葉ある時神の矢の如し
こりゃ重い深いと山の井のつるべ
逆うも阿呆らし黙っているも又
さくら咲く背すじ伸ばせとさくらさく

真の美と、美の真とは相似て違う。真の美は醜と思える中からも俗と感じた中からも発見できる。美の真は色彩画のごとく、真の美は墨絵のごとく、川柳は墨中と彩の真の美である。真の美は平明さの中に識者の眼力により見出されるものである。

第二章　星きらきら

Hoshi kirakira

少年の純真白を白とする

書棚から語らぬお人柄が知れ

神仏の有無あるとして気の安し

神木に風あり何か応えるよう

新春の窓だ恵方だあけ放ち

数字なき日なりのび〱した日なり

縋るもの杖にするものあって生き

水は土中にあり風は空中にある。掘ると煽ぐの努力で水を得、風を得る。しかし水のあり風のあることばかりを知っているのみではつまらぬ。汲んだ水を湯にあるいは酒に茶にするも、風を胸へわき下へ煽ぎ入れ、また、火に加勢させるもその人の働きである。

川柳を知る川柳を活用させる働きは、その火その修行による会得だ。

芒の穂なびく通りに雲も行き
雀ぴょん〳〵こんな庭にも食べるもの
鈴の紐神様こちら向けと振り
すばらしさ月を砕いて磯へ波
すべったら千仞というよい景色
座っている蛙いつでも跳ぶ構え
雪月花心豊かに今日も無事

川柳人は常にすべてへ注意が肝要である。注意の連続、集積が川柳智となり、真情美の縦横無礙の基礎たり、栄養素となる、智は注意の連続である。

瀬戸の海景の変りも午前午後
息災としてお茶わんと箸ならび
それそれに住めば都の日が当り
それでいゝそれでいゝよと母やさし
大黒はうっかりふれぬ槌を持ち
太陽へロケットよりも揚雲雀
鷹と鳶さて親の目と他人の目

いかに低く俗なるあるいは醜なるものでも、その中にある「真」の力は光るものである。ただその受け入れる方に快、不快をどの程度に与えるか与えぬかが文芸の技術である。作者の教養の力量反映である。

竹の朝千本みんな陽をはじき

竹を観る心まっすぐ竹に添う

例えばの話の中に芯があり

たぬきいわく人よくよ〳〵しなさんな

たぬきとも人ともなって陽気好き

旅でみる雀も同じなつかしさ

小さいから蹴られる石の運不運

生きている間はその人の短所がよく眼につき、次に長所が評されるものであるが、死んでしまうとその人の長所のみが見出され思い出されるのである。川柳作句上、心のおきどころを後者に置くようにすれば「真・情・美」に近づける早道のように思える。とともに川柳すなわち人間学問にもなる。信和にもなる。

茶の作法知って破って面白さ

ヂャンケンポンあいこのようなよい夫婦

ついてくる鳩へポケット何もなし

釣竿のわれも画中の人らしい

つり自慢昨日おとといよく釣れた

電線をころがりそうに月の位置

どう置くも日本刀のよい姿

川柳をじっと見つめ、川柳の馬にあるいは船に打ち乗り、目指すところに手綱を取り舵をとる順風ばかりはない。良路ばかりはない。逆風難路は必ずある。その時の対処が肝要である。川柳に打ち乗る心は川柳を愛することから始まる。

遠くの灯なつかしいとも寂しいとも

峠茶屋鶯などは放ち飼い

とって見よ八方構えトンボの目

長生きのわけふるさとの山と水

仲よしに何んの理くつもなかりけり

日本髪居て春らしい渡し船

人間の夢の真上の鬼かわら

何か足らん気がする。何か余計な味と匂いがする。川柳作句の修正とネライはこの中間に真・情・美があるはず。これを探求する術は、修行の行の中に求を入れると「術」になる。求める求める、一生探求。

抜きすてた草すてられた土で生き

能面をとれば宗家の深いしわ

働きか遊びか潜るかいつぶり

働いた手のひらへ今日受けるもの

花はさみ思慮断行の音をたて

春雨の傘をあふれる娘の笑い

パン喰いのふっと見上げる天高し

茄子にヘタあり柿にもヘタあり、芭蕉、子規、虚子の名人にもまた全句名句名吟にあらず。いわんや修業中の我々に凡句凡吟はあたりまえ。それゆえに不撓不屈の修行こそ肝要、他人様のことならず我身我自なり。

灯を消して今日無事だった無為だった

引っ掴めそこらに運がとんでいる

人つかい上手にほめる勘どころ

表情の一つに傘の傾けよう

無遠慮へあっといわせた唐辛子

無えんりょも遠慮も恋はうつくしい

不器用と言われた男鯛をつり

川柳の面白さは今まで多くの知識人が、おかしみ、ひにく、かるいとほめたり認めたりするので決まるのではない。その句が真か否かで決まるものと思う。「真」には深さ、高さ、広さ、響きがあり、単なる、かるさ、ひにく、おかしさと違う。

福禄寿頭のかゆいのに困り

船待ちの退くつ海は釣れそうだ

ふるさとを出てふるさとの又恋し

ふるさとに落つく心山をみる

別な目と芸術の目とモデル知り

星きらきら今夜も人に生死あり

ほろ酔いのどっこい迷う曲り角

お互いに川柳基礎をしっかり持つことである。基礎とは真であり情であり美である。俳諧より産まれた川柳を知ることである。この基礎を持たずして、また、おろそかにしていかに新しがってもそれは別な根であり枝である。

ぼんやりと牛が見ている農耕機

松の芯千年のびる天をさし

松林時々風がくしを入れ

三日月のほさきへ腰をかけたろか

迎え傘雨はうれしいものゝうち

無用の有用老人の智恵かられ

無欲などなれずうまいものうまし

　気持ちの大切さ、気持ちの扱い方を川柳人は心得ねばならぬ。気持ちは感情よりもっと身近にあり、あたたかいものであり鋭い感度を持つものである。人情の機微、真の心境、美の観測者、気持ちの錬成で大きな実を結ぶものである。

名園に入ると歩きようまで変り

もりあがる緑わっしょいとも云わず

屋台店今の時雨は二三人

屋台店ひょろりと月をほめて去に

やることが多いぞなもし若返ろ

夕焼けの中に人生ふと見つけ

友情に勝てず真心になおかてず

川柳を味わうに、内に自己を培うべく読むのと外に自己を発展させる資として読むのと二通りあるようだ。内に読みて反省順応する人間教養錬成の川柳、外に読みて発展進捗させる智力活源の川柳、二にして一であり一にして二である。川柳人はこの二つながらを併読味着する必要があると思う。

友情はうれし黙ってメガネ拭く

友情の今日は叱りに来たという

友情は言葉短かに芯へ来る

友情の二人にわかるだけでよし

悠々か多忙か雲の往きかえり

横を向く顔にくらしく美しく

よその田へ行けと鳴子の縄をひき

私の川柳入門の師、読売派の総帥故窪田而笑子翁の選句方針は「とらざるもの」として狂句的なもの、印象不明のもの、類句あるもの、題の甚しく動くもの、単調余情なきもの、調の整わぬもの、理屈めいたもの、等であった。

世の中を知ってる故に黙っとる
世のさわぎ知らぬではなし茶一ぷく
夜は太古星と私とともしびと
リズムとはまな板からも起るもの
良心が生きてたしるしノウという
冷暖も生死も風が持ってくる
わけもない踊りのようでおどれない

新しい時代には新しい川柳が生まれるのはあたりまえであるが、その新しいということは旧を明らかにした川柳から芽生えたものである。別の根から出たものではない。したがって川柳を脱したものは川柳ではなく別名のものである。川柳にしっかり根をおいて新しくすくすくと伸びてゆくものこそ私の希望する新川柳である。

私の灯妻の灯小さい仕事あり

わたしだけにあるよう月と真正面

歌まろの絵姿になる温泉を上り

すっぱりと落葉幹には生きるつや

手を合わす先に私の観世音

極楽は手を合わせると行けるとこ

世の中を角に渡って腹をたて

白は無色であるが、また多彩な色とも思われる。余情、余白、含蓄は白によって活かされる心の芸の響きである。絵にも詩にも川柳にも、余白は大切である。

年寄の相能面に似てめでた

一文字とは白鷺のとぶすがた

石を蹴るくつの痛まぬように蹴る

一と足ちがいと慰めかあざけりか

菊人形命は水の美しさ

新内へ昔の雪は泣けと降る

石鎚を目あてに来るか渡り鳥

カチカチ山の狸がやった行為は、得手勝手であり、最後に泥舟へ百も承知で乗ったのは悔悟の現われである…と観察するのも一つの川柳風流観でなかろうか。

人間に冬眠もなくあくせくし

あゝいえばこうと大きく釣天狗

もう一段もう一段と景が展び

鐘ついて身がひきしまる夕紅葉

風の子の頬は風などはね返し

鐘つけばこの絶景がゆるゝよう

世間では不折と為山を俳画の双ヘキといって賞賛するが、為山は不折ごときと常に反感を抱き俗観視する。そうして、自らの絵を俳画と し称されるを心から嫌って、俳画にあらず日本画なり、強いていうなれば自分の画は俳味画なりとした（柳原極堂翁宛書簡数通に因る）。「味」の大切さ重要さは絵のみでない。川柳研究作句上に忘れてならぬことである。

第三章　あせるまい

Aserumai

殺生戒南無と和尚も鴨の鍋

日々耐える樹の営みは天へ地へ

絵馬と注連かけてこの樹も拝まれる

老眼鏡めでたい記事へふき直し

雪くろく白く石灯ろうへ降り

野次馬の目が点つける消防署

色即是空だから恋はおもしろし

お互いが川柳創作の時、その題または目標に対しできた句が自分以外の人々にもわかるかわからぬか、わかった後に川柳観に対しプラスかマイナスとなるか、世間がその川柳に対し冷相か熱相かなどを考えてかからぬと、独り角力になってしまったり、フフンと笑われたりとんだ誤解を生じてくる。私の常に言う「静かにしっかり」はここである。

潮時を知って生かして世をおよぎ

リヤカーの柄へも花売りひろげのせ

麦の伸び春の目盛は緑いろ

風に背を向けた女の線もよし

リヤカーに子の風船が景になり

うらやます気の絵ハガキでこゝに居る

倖せはどんな時でも笑むゆとり

うさぎの耳は何故長い？　眼は？　足は？　と考えていると、理智と感情とがかわるがわる湧いてくる。始終鼻を動かしている兎の鼻も川柳人が見ると、聖知感情の興味が湧いてくる。ここに川柳の妙味を発見したいものである。

石刻む唄ありノミの律と調

船へ来る雀積荷を知っている

亡き母のさんご明治の髪思う

ホッピング天へ頭突きの子の機嫌

悠々と後ろ姿も隙がなし

鉦たゝく働きぬいたお手と見る

浚泄機ときに小判でも揚げろ

川柳は鏡だ。自分で覗くと向うにも現われるが、去り離れると向うでも去り離れ消える。ゆえに常に向き合うて、心の社会の森羅万象の姿を観見し、反省順応、真情美を磨くべきであろう。

真実の深さを目にも認めたり

趣味なればこそ忙しさを連れとなり

すねている女の線が美しい

瀬戸の島こゝらは鯛の通い路

あごを引け脇を〆めろと世と角力

老師匠こゝは略すとたいぎらし

予想はづれて予想らしくなり

川柳の理論に学問的解説をつけるのはよい。しかし次々に何とは何かの問題は出てくる。それを追いかけ追いかけしていては肝心の川柳が失消してしまうおそれもある。句よりも論、論の論の論となっては迷ってしまう。そこで「あるがままの川柳感得」ということも考えられる。いたずらな環状線追っかけ合いより、この方が川柳を知り、好み楽しむ上に効果があるように思うが……と申して理論を否定するのではなし。究極は「真」「情」「美」の探究である。

健康上などと上手に誘われる

紙一重善人やはり後にされ

いゝ勝負ほめられている負けた方

才智とはそろばん玉の上をゆき

情ほろり通う心の贈りもの

張り合いもなく独り言風に消え

風さっと雨後のすゝきへ櫛を入れ

先輩の句の憧憬から模倣、その模倣から一歩抜け出て本質に力を与えるすなわち個性発揮の道へ進む。例えば習字手本の通り書いては生命がない。筆意を学び自在に書くことに川柳の生命が生じて来るのです。

清貧の中に夢あり子煩悩

杉ひのき山門からの別な風

干蛸ののれんの向う蒼い海

考える葦を浮世の風ゆすり

賛成を見まわしてする婦人会

閑な日のある筈はなし閑作る

船で見るこんな島にも人が住み

近頃まで川柳は多くの人に誤解されていました。これをお互いの力で正しく伝えたい。生命の充実、生命の活現から溢るる生活の人間詩、笑う反面にほろほろと泣く人間道の味方になる簡勁の社会史とも言える川柳をお互いに研究したい。

これ以上出ないベストを運にする

島に来て見れば四国が島に見え

計画はとじたまぶたの中にあり

双方が馬鹿と悟って仲直り

謎かけをとけよと笑むか観世音

一と息の押しが足らぬとあとの智恵

滝音がしてから遠い曲り道

川柳の道はまだまだ前途遼遠で未開墾の地がたくさんあります。いつまでも現役兵となって進み、ちょっと知って永休みする先輩者流とならず『現役の生活から現役の川柳』を永遠に続けていく張り切った気持ちで初心の皆さんが進まれんことを祈ります。

美しい争い謝れやるとらぬ

竹ゆれてゆれて掃いてる月の顔

茶の味もわかり世間へ遠く住み

本職が打てば律ある釘一つ

春くれば秋、秋くれば春、何蒔こう

一と仕事すんで背のびの青い空

海は霧らし宿できく汽笛

理論ばかりでも情熱ばかりでも句は出来ない。「静かにしっかりと歩み進む」。このねばりと、中道のきびしさ（表現ねらい等）、平明のきびしさこそ川柳の生命だと思っている。

適量と程々ほんとにむつかしい
まっすぐに見る目心の捻子をまき
母の日の母が笑ってみな笑い
神様は身近か正直ものが勝ち
雨と晴立場々々であいさつ
白バラの冷たき肌の誰に似る
松の影ふんで一人におしい浜

すべてを科学的に説明しあるいは報告したのでは、句に味がない。

灯を消して私一人の夜にする

都合とはあとを聞くなの日本語

忙中閑一リンさしへ心のせ

苦手だと上手に逃げる智恵をもち

歳月は長し短かし生きており

同じ慈悲ながら不動さまにらみ

竹を伐る音光秀が出そうなり

楽しんでいる音楽に悩やまされ　柳狂

この句をよんでふと「自由とはげんみつなる規程の上に立ち、または他人に迷わくを及ぼさない上に立ってこそ現実化される」てなことを思った。川柳またおそるべし。

表情を見せまい月に背なを向け

月に佇つ影にもあった齢の線

山が吐く忍術霧が巻くことよ

それが運とかめぐりあい行きちがい

満身のゆかい釣竿弓になり

雲行きを晴れと答えてあけた窓

七福の誰かに似てゝよい感じ

私のところへよく川柳の速成上達法を云々せられて来る方があるが、外に何も秘法も妙術もない。しっかり的を定めて勉強することです。「川柳に伝なし自得観世音」でしょうな。

縁起とか電話番号こうよませ
かつをぶしに脚つけたよう猪走る
齢きいてさらに元気をほめ直し
お隣へ箒を伸ばす朝機嫌
長生きの欲神さまへ無理をいゝ
みくじひく心にさせた宮構え
紅つばきぽかりと晴へ口をあけ

自分の川柳生活に、深さ、広さ、高さ、のこの三つがそろえば、誠に結構であるが、なかなかこれはむつかしい。

年頃の何かいて消す硝子拭き

不器用な巣箱をよって小鳥住み

季節とは海のいろまで染めかえる

千鳥たつふりまくように波の上

何食っているのか龍はこがね色

稲の波御輿きらきらきらと来る

子宝は光る五年後十年後

「趣味と一如」で、高尚平明の人格向上を、「芸術と一如」で努力直入の表現生命をにぎっていただきたい。

どちらから吹いても春の風はよし
とけこもうこゝふるさとの風の中
やがて咲く蕾よ花よ子は宝
あせるまいせくまい雨の後は晴れ
そこら明るく吉日の鯛尾をひろげ
秋ですな秋だわ二人きりの道
鶯もほめて筧で手を洗い

創作した句の推敲自選と、先輩の厳選と、さらに社会良識の選評眼のあることを忘れてはならぬ。独りよがりやレベルの低く狭い他選に安堵し、社会良識のおそろしい選眼のあることを忘れては永遠に生命のある句は出来ない。

結局の味はこれだろ水の味

数万の首がねじ向く本塁打

信ずれば極楽へ行く嘘もよし

草に寝て草がまばゆい春の唄

竹馬の子が反りかえる柿の枝

うがいして吸った空気の味も秋

背流す子に倖せな眼をつぶり

川柳の道は永遠だ。儲けたりするものでは絶対なく、自己修行を楽しむ精神ホルモンである。

生甲斐に四方八方みな恵方

方便のうそも交じえてお先達

霊長を笑うたぬきの肚ふとし

霊験は絵馬が証拠の狸宮

星座無限人の世などにかゝわらず

〆て打つ音こゝろよしお手拍子

すばらしい夢とも角も吉とする

作り生むと読むは向上の父母である。

第四章　たぬき笑う

Tanuki warau

戦へる世ながら春は春の風
友遠し今年も桜咲きました
真心の千人針だ嗤へまい
食糧一念土よ土よと堀返し
雑炊はつゞく勝ちぬく迄つゞく
親切が記事になるほど世はからび
鍬ぶりも馴れて疏開の村言葉

作句は一種の座禅である。すべてを忘れ、総てを集め、考えよ。

顔中をラッパにしてる燕の子

肩書が邪魔でぴったり来ぬ話

初日の出かもめも共に拝まれる

今日もまた我さいわいの箸をとり

あるとこにあって奥様二重顎

どっしりと松千年の雪姿

春ですぞ土筆がのびるのび上る

川柳に対する不平は自我の強さと限界のせまさから来ることが多い。

嘘言へぬ性を額の汗に見せ
汝の名月見草とは淋しいな
何の術蛙もんどりうって無事
お願いは皆様入れば諸君なり
昔々嘘が通った日本史
先の事よりいま今と人とがる
よく出来た稲へ案山子の沈みさう

川柳は生き甲斐のよき友である。友は信ぜよ。友に不信なれば友は去る。

いさかいはどちらも威張る癖があり

善後策やっぱり水は火にならず

べた凪の海歩いても歩けそう

尤な顔して肚はことわる気

天寿とは七十歳も三歳も

肝心なところ代理とうまく逃げ

生きるため嘘の合槌うちもする

よい川柳は誰にでもわかる。

血圧が高いか天狗ギラ〳〵目

何で歳とらんならぬかと思う

悪いことするから社訓など掲げ

こんな世に一々腹の立てられず

余生とは言うが無欲なわけでなし

吉日の花緒も足袋もきついなり

こんな世に人を信じて置ぐすり

禅に即答あり、長考究の提案あり、いずれも活精神である。練る句、即座に出来る句、ともに大切な練習である。

四国路を鈴に和ませ南無大師

へりくつを言うもつまりは金がなし

未練などないがと酔って言う未練

鉢巻をせぬと力の出ぬ日本

初の字を何にでもつけ春とする

同情はしても結局他人なり

無疵とは人にもあった値段です

自分でなければ出来ぬ句を作りたい。

大声は子の時からの浜育ち

平和とは先づ原爆をやめること

医者言わく一杯のんで寝なさいや

いゝわけは上手仕事は埒あかず

たぬき笑う日本中が皮算用

そう言えば安全地帯ない日本

だらしない世を叱るようモズの声

詩人ぶらず、風流がらず、形式ぶらず、新しがらず、淡々たる中に川柳平明の本尊「真」「情」「美」があるものと信じ、人間生活の経験（自他共）を十七音字詩形に表現する。これが川柳の中道だと私は思いこんでおり、今後もこう信じていくつもりである。

お彼岸の鐘もなります柳翁忌

極楽はあるものとしてお賽銭

龍宮から抗議でそうないかり綱

僕だからいいがと叱る骨があり

さいた〳〵花へ家計簿混乱し

科学者も玉串をもつ地鎮祭

魚市場ぐず〳〵してる人はなし

川柳は庶民詩として平明調であれかしと私は思う。平明調なれば永遠性がある。

気もちよい返事しつけが思われる

杉ひのき山門からの別な風

肩巾で世の荒波はのりきれず

言論の自由とやらでいやがらせ

島と島魚は知らない漁区とやら

あゝ言えばこう世の中はもめが好き

月賦でも宜しいとまで見すかされ

短歌俳句がきびしきおきての線をひけば、その線外の広大無辺の自由天地は川柳である。開拓地は広い。

鉄を切る火はむらさきに唄もなし
わっしょいと他力に頼り派手なこと
話術とは時に叱って気を集め
空想は楽し誰にも叱られず
恐妻でなく相談という逃げ手
国宝の軒へみの豆ふうらふら
恋仇金も力もある男

川柳を愛しても川柳に溺れてはいけない。

打てば響く返事をさせて金があり

白粉の下も見ぬいて観相家

生き方のいろ〳〵他人を咎めまい

言い分は時世の故とすらり逃げ

型通り励まし型通り誓い

メートルで言わぬ目の下尺の鯛

先頭に少しのぼせた男立ち

私は若い時から「なぜ」ということについて常に力を入れているつもりである。したがって生活の仕事にも、趣味にも、観察にも、「なぜ」をおしあててみる癖がある。

なぜのつくものはたくさんある。どの問題一つでも議論すればみな面白く、重要さを持っている。

貸した智恵その責任は持てません

鬼瓦焼きの不出来が鬼らしい

母の座に母なし春のうつろなる

金持の不幸を例にあげて自慰

貫禄は海の王者よさくら鯛

歯科医から帰り空気をかんで見る

失恋といわず孤独が好きという

心に川柳の換気筒をもつことは幸せで、この換気筒の大中小、よく通るか、始終詰まったり休止しているかは、作家の心がけ次第でもある。

何で焚く金の茶釜がある話

苗木選のように少年鑑別所

殿方にされてネクタイ高く買い

世界地図どこも不満の煙たち

反省の奥歯に少し負惜しみ

聴診器布団をかけてさてと言う

歩きたし飛びたし私と千羽鶴

人は平等であるとともに、文芸もまた平等で、上下などあるべきはずがない。

どの線も生きて女に夏が来る
世のための犠打など昔話だろ
議院でも汽車でも席のもめる国
あきらめるとは智恵もなし金もなし
やがて見よ螢も天然記念物
埋立てへ貝は抵抗すべもなし
老人の勝手は耳をつかいわけ

「平明」の道は広大深高であり、深く入って浅く出る表現は容易でない。一生かかっても掴めぬかもしれぬ。

驚いてくれて話にはずみつき

お守りを売上げというもったいな

どう見ても隙のないのが気に入らず

わっしょいの顔は知性をおき忘れ

呆っ気なく別れ言うこときく事も

安打もし三振もして年を越し

牛の目に何が師走ぞ正月ぞ

昔の兵法学者が「強にして剛なればその国ほろぶ」「柔にして剛なればその国栄える」とか言っているのを何かの本で見たことがあるが、川柳もこの柔にして剛の心構えが大切ではあるまいかと思った。

しぶとくも生きてまっせと冬の蝿

古傷を見せる誇りの恩給つき

くり返す世ぞテレビからラジオから

こんな世と知りつゝ無駄な腹をたて

アルバイトさびしくくれる裸銭

涼しさは生れたまゝの丸裸

降ってよし晴れてなおよし春や春

「川柳の心身は虚空の如く、その対する人の心掛けによって形を現わす」また「木の実熟する時はうまく艶よくして、中の核はいよいよ固い。川柳心体は春風のごとく、あるいは秋水のごとし」とも言える。

もめる世と別にすっきり晴れた空

瀬戸はよし右舷左舷へ絵がうごき

美しき人の肩借る花の酔

春水に心のしこり放ちけり

燕くる仲人もくるよき日哉

われに似て見おとされがち柿の花

寒の水雲龍をかく墨をする

川柳を知るは易く、用いるは難し。川柳を活用して智にし、力にし、世に明るい灯を点ずるために川柳人は修業して会得せよ。

あとがき

今日の愛媛県は川柳王国と言われるまでに育ってきているが、この隆盛は何と言っても前田伍健先生をはじめ先人たちの献身的な努力の賜もののお陰であることは言うまでもないことである。

明治三十九年、愛媛新聞の前身である海南新聞の編集長・田中七三郎が窪田而笑子を柳壇選者に招き入れてから県内の川柳人口は急速に広がった。而笑子は読売川柳研究会を率いて井上剣花坊、阪井久良伎と並んで新川柳運動を展開した大家で、投句者による結社「海南川柳研究」が誕生すると、伍健先生はその右腕として活躍した。而笑子亡き後は、師の遺志を継いで松山媛柳吟社を創設し、またラジオなどのマスコミで川柳普及に尽くし、三十余年にわたって愛媛川柳界の黄金時代を築き上げた。

伍健先生の説いた「川柳真・情・美」は今も愛媛川柳人の根底を流れている。人柄はひょうひょうとして庶民的で愛郷精神にあふれ、自ら「柳壇の野人」と称して特定の結社には所属せず、師弟関係をも否定していた。その存在感の大きさから、川柳六巨頭に先生を加えて七巨頭としよう、という声も上がっている。

愛媛県川柳文化連盟設立五十年記念事業として平成九年十二月に「愛媛県川柳史」を刊行したが、愛媛の川柳を語るうえで、常に中心人物となる前田伍健先生の一方ならぬ活躍ぶりがその時代を映して脈々と伝わってきたことが、編集のお手伝いをしながら肌に感じられ、よい勉強をさせて貰った。

考えを直せばふっと出る笑い　伍健

戦後まもない昭和二十二年、全国に先駆けて県川柳文化連盟を結成、全県の柳社をひとつにまとめ川柳活動を指導、普及に精力を注いだことは、当時の社会情勢をおもうと全国に誇れる特筆すべきことであろう。伍健先生から号を授かった者として、愛媛に生まれたことを、こんなすばらしい、嬉しいことはないとおもっている。

伍健先生の川柳作品は、平明ななかに哲学がしっかりと盛られているところに川柳の価値が出ている。芸術の価値は社会が決めるものであり、川柳の価値もまた社会が決めるものとおもう。本書が多くの川柳作家の書架に飾られ、川柳への情熱をいっそう燃やす一助にして欲しいと期待してやまないものである。

今回の出版にあたって一色美穂子、中川凡洲、橋田呂久朗の皆さんには格別のお手伝いをいただき、また新葉館の竹田麻衣子さんの取材収集に東奔西走の日々がつづき、ご苦労をかけたことに心からお礼を申し上げる。

平成十六年二月

塩見　草映

【編者略歴】

塩見　草映（しおみ・そうえい）

本名、敏明。

1926年　愛媛県松山市生まれ
1951年　「川柳まつやま」に初投句
1955年　川柳まつやま吟社同人
1962年　愛媛県川柳文化連盟会計書記
1978年　愛媛県川柳文化連盟副会長
1989年　朝日新聞伊予川柳、四国郵政だより柳壇選者
1991年　NHK四国川柳道場指導
1992年　社団法人全日本川柳協会常任幹事

現在、社団法人全日本川柳協会副理事長、愛媛県川柳文化連盟会長、川柳まつやま吟社会長など。著書に「川柳句集　遊心」。

前田伍健の川柳と至言
新葉館ブックス
○
平成16年２月15日 初版
編　者
塩　見　　草　映
発行人
松　岡　　恭　子
発行所
新　葉　館　出　版
大阪市東成区玉津1丁目9-16 4F　〒537-0023
TEL06-4259-3777 FAX06-4259-3888
http://shinyokan.ne.jp　E-Mail info@shinyokan.ne.jp
印刷所
FREE PLAN
○
定価はカバーに表示してあります。

ISBN4-86044-212-1